L'ADOPTION VILLAGEOISE,

OU

L'ÉCOUTEUR AUX PORTES,

COMÉDIE EN UN ACTE ET EN PROSE, MÊLÉE DE VAUDEVILLES,

Par le Citoyen ARMAND CHARLEMAGNE.

Représentée pour la première fois, à Paris, sur le Théâtre de la Cité-Variétés, le 28 Floréal, l'an deuxième de la République Française, une & indivisible.

Prix, 25 sols.

A PARIS,

De l'Imprimerie de CAILLEAU, rue Gallande, N.° 50, 1794, *vieux style.*

L'an second de l'Ere Republicaine.

PERSONNAGES. ACTEURS.

	Les Citoyens
GRÉGOIRE, Jardinier riche.	*Dubreuil.*
JUSTIN, Garçon Jardinier de Grégoire.	*Raffille.*
FURET, ci-devant Avocat.	*Frogeres.*
UN OFFICIER public.	*Hyppolite.*
JULIENNE.	*La Citoyenne Cazal.*

La Scène est dans un village, près de Paris. A la droite des Acteurs est la maison de Furet ; & celle de Grégoire à leur gauche.

Je, soussigné, déclare avoir cédé au Citoyen Cailleau, les droits d'imprimer & de vendre, L'ADOPTION VILLAGEOISE, OU L'ÉCOUTEUR AUX PORTES, COMÉDIE EN UN ACTE ET EN PROSE, MÊLÉE DE VAUDEVILLES, sans préjudice de mes droits d'Auteur que je me réserve selon l'article de la loi, sur les Théâtres auxquels je donnerai le droit de la représenter. A Paris, ce vingt Prairial, de l'an second de la République.

ARMAND CHARLEMAGNE.

L'ADOPTION VILLAGEOISE.

SCÈNE PREMIÈRE.

JULIENNE, *assise devant la porte de Furet, & occupée à coudre.*

AIR : *Avec les jeux dans le village.*

DÈS ma naissance abandonnée
A la merci des bonnes gens,
Au fond d'un cloître confinée,
J'y vis s'écouler mes beaux ans ;
Mais lorsque sur le Monastère
Vint luire un jour bien souhaité,
Mon âme s'ouvrit toute entière
Aux charmes de la Liberté. (*bis.*)

QUAND au monde je fus rendue,
Aux lieux où j'ai reçu le jour,
Pauvre, mais non pas inconnue,
Je revins fixer mon séjour.

Par ces patriotes sincères
Le malheur y fut respecté,
Et je jouis avec des frères
Des douceurs de l'égalité. (*bis.*)

Je ne sçais pas quels vœux encore
Pourraient me rester à former :
Mais un sentiment que j'ignore
Vient à chaque instant m'allarmer.
En vain j'en veux être distraite ;
Tout mon cœur en est tourmenté :
Sans y songer, une fillette
Perd aisément sa liberté. (*bis.*)

Au moins, c'est bien malgré moi que je pense toujours à Justin. Il est bien aimable, Justin.... Mais moi... hélas! qui suis-je ? la petite servante du Citoyen Furet... Justin, après tout, n'est qu'un garçon jardinier, & de lui à moi... Le voici qui revient de vendre ses provisions à Paris... N'ayons pas l'air de faire attention à lui.

SCÈNE II.

JULIENNE, JUSTIN.

JUSTIN.

AIR : *De la Croisée.*

Je n'ai plus rien dans ce panier ;
J'ai débité ma marchandise.
C'est charmant d'être jardinier ;
Cet état vaut bien qu'on le prise.
Hommes à talens orgueilleux,
Je crois que le mien vaut les vôtres ;
Car les plus utiles sont ceux
Qui font vivre les autres.

A Paris légumes & fruits
Sont d'une excellente ressource :
De la Liberté les produits
Ainsi retournent à leur source.
Il fait pour nous le Parisien
Une surveillance fidèle,
Et pour être juste, il faut bien
Nourrir sa sentinelle.

JULIENNE, *à part.*

Justin est patriote; c'est encore un mérite de plus.

JUSTIN.

Vous voilà, Julienne.

JULIENNE.

C'est vous, Justin.

JUSTIN.

Vous êtes bien aimable, Julienne.

JULIENNE.

Vous êtes bien honnête, Justin.

JUSTIN.

Ce n'est point un compliment que je vous adresse là au moins. Le cœur n'en fait pas.

JULIENNE.

Aussi sincère que vous, je n'exprime jamais que ce que je pense.

JUSTIN.

Sçavez-vous à quoi j'ai pensé toute la journée, à quoi je pensais encore tout-à-l'heure?

JULIENNE.

Il ne tient qu'à vous de me l'apprendre.

JUSTIN.

En allant à Paris, & en revenant, je me disais à part moi.

AIR : *Du Vaudeville d'Arlequin afficheur.*

J'AI pris un mal qu'on nomme amour
Dans les beaux yeux d'une Bergère.
Mais si je me déclare un jour,
C'est m'exposer à lui déplaire.
Mais cependant, pourquoi souffrir,
Quand le bon-sens me persuade
Qu'à celui-là qui peut guérir
Doit parler le malade ?

JULIENNE.

Eh bien ! que ne parlez-vous ?

JUSTIN.

C'est fait, & j'attends la réponse.

JULIENNE.

Je ne sçais que vous répondre ; mais je sens que ce n'est pas de la colère que j'éprouve à vous entendre.

JUSTIN.

Tenez, Julienne ; je suis franc & sincère. Je vous aime ; vous obtenir pour épouse est le plus ardent de mes vœux. Je suis depuis cinq ans attaché au Citoyen Grégoire : c'est un brave, un excellent homme ; il consentira à notre union, j'en suis sûr ; car il aime à voir des heureux. Vous quitterez ce Furet dont vous n'êtes pas faite pour être la servante. Nous demeurerons ensemble chez Grégoire. Il n'a point d'enfans. Nous lui en servirons. Il a beaucoup de terres en jardinage, d'un excellent rapport. De mon côté, j'en possède quelques perches. Je cultiverai tour-à-tour ses possessions & les nôtres ; & elles le seront toujours bien, parce que la reconnaissance & l'amour doubleront mon conrage & mes forces.

VILLAGEOISE.

AIR : *De la Baronne.*

QUAND on travaille
Pour ceux qu'on respecte & chérit, (*bis.*)
Est-il rien au monde qui vaille
Le plaisir pur dont on jouit
Quand on travaille.

JULIENNE.

Justin, vous avez un père. Je vous ai vu l'autre jour dans les bras de votre mère. Ce spectacle m'a arraché des larmes. Hélas !

AIR : *O toi ! qui n'eus jamais dû naître !*

VOUS sçavez qui m'a donné l'être :
Je vins au monde en ce pays.
Mais quels auspices m'ont vu naître !
Pardonnez-moi si j'en rougis.
Fruit déplorable
D'un feu coupable,
Je suis un enfant méconnu,
Et l'imprudence
De ma naissance
Fut un outrage à la vertu.

JUSTIN.

Ne parlons pas de cela.

AIR : *Ce fut par la faute du sort*

PAR soi jadis on n'était rien ;
On était tout par sa naissance ;
Quoiqu'un Sçavant eût dit fort bien :
« La vertu fait la différence. »
Sous les loix de l'Egalité,
Qu'importe de qui l'on soit fille.
Quand on a de la probité,
On est d'assez bonne famille.

JULIENNE.

Vous sçavez que je ne possède rien, absolument rien.

JUSTIN.

Que fait encore cela ?

Même air.

QUAND le marc d'or fut en crédit,
Il faisait seul les mariages.
Mais d'après ce tarif maudit,
Faut-il assortir les ménages ?
Sous les loix de l'Egalité,
Un autre article nous arrête ;
Et c'est encor la probité ;
La dot qu'il faut, c'est d'être honnête.

SCÈNE III.

JULIENNE, JUSTIN, FURET.

FURET, *à part.*

AH ! ah ! ma servante, & le garçon jardinier en tête à tête ! Que peuvent-ils avoir à se dire ? écoutons.

JUSTIN.

Si ce sont là toutes vos objections, elles ne peuvent m'arrêter, ma chère Julienne.

FURET, *à part.*

Ma chère Julienne ! diable !

JUSTIN.

Je vous aime ; il suffit.

FURET, *à part.*

Fort bien ; la conversation roule sur le chapitre des amours.

JUSTIN.

Je parle dès ce jour à Grégoire ; je lui fais part de mes intentions, & je ne doute pas que bientôt vous ne soyez ma femme.

FURET, *à part.*

C'est ce que nous verrons.

JUSTIN.

Et certes ; il vaut mieux être jardinière & l'épouse d'un honnête-homme, que servante, & aux gages de ce faquin de Furet.

FURET, *à part.*

Attrappe.

JUSTIN.

Vous ne répondez rien.

JULIENNE.

C'est que je présume que vous sçavez interprêter le silence.

JUSTIN.

Vous êtes charmante... (*Il l'embrasse.*)

FURET.

Diable ! celui-là est un peu fort. Fort bien..... Ne vous gênez pas.

JUSTIN.

De quoi vous mêlez-vous ?

FURET.

De quoi je me mêle ! de quoi je me mêle ! quand je vois un outrage aussi notoire à la décence. Au reste, je suis peu surpris de tout ceci. Bon chien chasse de race, comme dit le proverbe.

AIR : *On dit que dans le mariage.*

SA mère était de ce village ;
De ses tours on y fut témoin ;
La Donzelle était peu sauvage,
Et la preuve n'en est pas loin.
Dam... Dam... je le croirais,
Oh ! oui... j'en jurerais.
On la verra finir par faire,
Tout comme a fait (*ter.*) sa mère.

JUSTIN.

Vous êtes un sot, Monsieur Furet.

FURET.

Un sot, moi ! fils d'un Procureur au ci-devant Parlement de Paris, & moi-même, ci-devant Avocat en la Cour.

JUSTIN.

Ce n'est pas là ce qui prouve le contraire de ce que je viens d'avancer.

FURET.

Ah ! je suis un sot !... Et comment le prouverez-vous, s'il vous plaît, Monsieur l'homme d'esprit ?

JUSTIN.

Rien n'est plus aisé. J'ai dit que vous étiez un sot. Vous êtes encore pis. Vous êtes un mal-honnête-homme. Vous outragez cette jeune fille. C'est tout ce que vous pourriez vous permettre, si ce que vous lui reprochez lui était personnel. C'est le comble de l'atrocité de rendre l'innocence responsable de l'erreur d'un autre.

AIR : *Non, non, Doris ne pense pas.*

LOIN de nous un faux jugement.
Laissons faire la Providence.
Le crime aura son châtiment,
Et la vertu sa récompense.

Pour nous, sur-tout à l'innocent
Gardons nous de jetter la pierre,
Et ne punissons pas l'enfant
De l'imprudence de son père.

FURET.

Il n'y a plus de mœurs; il n'y a plus de mœurs. Que dirait ma bonne maman, si elle vivait encore dans ce siècle pervers & corrompu? Ce n'est pas elle qui aurait donné dans certains excès où je vois donner certaines personnes.

JUSTIN.

Elle était laide.

FURET.

Mon respectable père, non plus.

JUSTIN.

Il était bête.

FURET.

Et moi, Dieu merci, je ne m'écarterai jamais des principes que j'ai puisés à l'école de mes père & mère.

JUSTIN.

Vous êtes bien leur fils; on voit cela de reste.

FURET.

Quel scandale règne par-tout aujourd'hui! En vérité; je frémis quand j'y pense.

AIR: *Colinette au bois s'en alla.*

JADIS en France il exista
Du goût par-ci, des mœurs par-là,
Taladeridera.
Mais un beau jour chacun pensa,
Philosopha, motionna,
Taladeridera.

Auſſi, qu'arriva t-il de-là ?
Tout culbuta, tout s'en alla
Sans devant derrière.
Taladeridera, ſa, la, la, laderidera.

SCÈNE IV.

LES PRÉCÉDENS, GRÉGOIRE.

GRÉGOIRE.

QU'AVEZ-VOUS donc, mon voiſin ? vous faites un bruit....

FURET.

Ce que j'ai !... J'ai que je viens de ſurprendre votre garçon jardinier, & ma ſervante, à faire....

GRÉGOIRE.

Quoi donc ?

FURET.

L'amour, mon voiſin, l'amour.

GRÉGOIRE.

IL n'y a pas de mal à ça.
Mon cher frère.
Il n'y a pas de mal à ça.

AIR : *Du Vaudeville de l'Officier de fortune.*

QUAND, dans ſa ſageſſe infinie,
Le Créateur forma le jour,
Pour rendre agréable la vie,
Il fit le Soleil & l'Amour.
Par l'un, l'humanité proſpère ;
L'autre féconde le vallon ;
Et l'Amour eſt à la Bergère
Ce qu'eſt le Soleil au melon.

FURET.

Mais il s'agit d'un baiser... Entendez-vous ? d'un baiser que j'ai vu donner & recevoir.

GRÉGOIRE.

Voyez le grave motif pour faire tant de tapage !

AIR : *Que ne suis-je la fougere !*

Un baiser est bagatelle ;
L'accorder ce n'est qu'un *jeu*.
Faut-il faire la cruelle,
Pour ce qui coûte si peu ?
De ce simple badinage,
Quoi ! vous pouvez vous fâcher ?
On permet, quoiqu'on soit sage,
Ce qu'on ne peut empêcher.

FURET.

Tout le monde est perverti, jusqu'à ceux qui devraient donner l'exemple... Rentrez, Julienne ; je vous l'ordonne.

GRÉGOIRE, *très-bas à Julienne.*

Revenez ici dans un instant. J'ai quelque chose à vous communiquer.

JULIENNE.

A moi !

GRÉGOIRE.

A vous-même, quelque chose, dis-je, qui vous concerne de très-près, & qui, j'espère, ne vous déplaira pas.

JULIENNE.

Je ferai tout mon possible pour que vous n'attendiez pas long-temps.

FURET.

Mademoiselle, c'est à vous que je m'adresse, quand j'ordonne à quelqu'un de rentrer. Je suis votre maître, je pense,

& vous êtes ma domestique. Or donc, je suis fait pour commander, & vous pour obéir. C'est clair, cela. Mais on a tout anéanti, tout, jusqu'à la subordination : c'est infâme.

SCÈNE V.

GRÉGOIRE, JUSTIN.

GRÉGOIRE.

VAS te mettre à l'ouvrage, mon garçon. Je te dois de la reconnaissance, Justin, & je compte t'en donner bientôt une preuve dont tu autas lieu d'être satisfait; j'en suis sûr.

SCÈNE VI.

GRÉGOIRE *seul.*

J'AI cinquante ans ; je suis riche, le plus riche du canton. Mais qui recueillera le fruit de mes sueurs ?

AIR : *Daigne écouter l'amant fidele & tendre.*

L'ETRE isolé, qu'aucun amour n'engage,
Avec regret s'éloigne de son or.
A son enfant laisser son héritage,
Quand on n'est plus, c'est en jouir encor. (*bis.*)

A son enfant ! & je n'en ai point. Que dis-je ? je puis, je veux me procurer la satisfaction d'être père. Il existe une loi nouvelle, aussi douce que bienfaisante, qui donne à l'homme la faculté de suppléer à la nature.

SCÈNE VII.

GRÉGOIRE, JULIENNE.

JULIENNE.

ME voici, Citoyen.

GRÉGOIRE.

Vous êtes belle, Julienne.

JULIENNE.

C'est un hazard.

GRÉGOIRE.

Vous êtes sage & vertueuse.

JULIENNE.

C'est mon devoir.

GRÉGOIRE.

Vous êtes malheureuse.

JULIENNE.

Ce n'est pas ma faute.

GRÉGOIRE.

Sans secours, sans appui, sans parens... Vous pleurez !

JULIENNE.

Sans parens !... Hélas !

AIR : *De la Romance de Daphné.*

TOUT mon cœur se désespére
A ce cruel souvenir.
Chacun peut nommer son père,
Chacun peut nommer sa mère,
Et les miens me font rougir.

GRÉGOIRE.

Rougir ! eh ! pourquoi, mon enfant ? Julienne, croyez qu'en vous parlant ainsi, mon dessein n'était pas de vous offenser. Ce n'est pas moi ; ce n'est pas quiconque a le cœur aimant & sensible qui serait capable de vous adresser le plus léger reproche.

AIR : *Comment goûter quelque repos ?*

JADIS un Prêtre, au nom de Dieu,
Lançait l'anathême céleste
Sur un couple heureux & modeste
Quand il s'aimait sans son aveu.
A l'âme indifférente & dure
Tout sentiment est étranger :
Un Prêtre ne sçait qu'outrager
Et la raison & la nature.

Fils de l'Amour, jusqu'au tombeau
Te poursuivait l'ignominie ;
De cette abusive infâmie
N'est plus entouré ton berceau.
Sur l'orgueil, & sur l'imposture
Se fondait le trône des Rois :
Une République a des loix
Qui sont celles de la nature.

De suivre l'Amour & sa loi,
Après tout, pourquoi faire un crime ?
Le seul enfant illégitime
Est l'homme méchant & sans foi.
Faut-il qu'un contrat nous assure
Un droit déjà bien solemnel ?
Avant le Notaire & l'Autel
Étaient l'Amour & la Nature.

JULIENNE.

JULIENNE.

Homme bon & sensible... soyez béni pour la consolation que vous venez de verser dans mon âme.

SCÈNE VIII.

LES PRÉCÉDENS, FURET, *à part.*

FURET, *à part.*

QU'A de si particulier le jardinier Grégoire à communiquer à cette petite fille ? Je suis curieux d'entendre leur conversation.

GRÉGOIRE.

Julienne, vous êtes digne d'un autre sort que celui que vous avez éprouvé jusqu'à ce jour... Si quelqu'un se proposait de réparer l'injustice de la fortune à votre égard....

JULIENNE.

Le sentiment de la reconnaissance est le seul que je pourrais lui offrir ; mais cette reconnaissance serait si tendre...

GRÉGOIRE.

Eh bien ! il se présente un homme dans la disposition dont je vous parle, & cet homme... c'est moi.

JULIENNE.

Comment ! que dites-vous ?

GRÉGOIRE.

Oui, mon enfant ; mon cœur me le conseille ; la loi m'y autorise, & j'espère que vous ne me désavouerez pas.

AIR : *Du Vaudeville des Chasseurs & la Laitiere.*

QUAND l'un n'a pas le nécessaire,
L'autre a plus que du superflu,
Et l'on voit souvent la misere
Aux prises avec la vertu.
Or, je suis riche, & sans famille;
Vous gémissez dans le malheur.
Pour réparer la double erreur,
Je vous adopte pour ma fille.

FURET, *à part.*

Ah! diable! c'est bon à sçavoir.

JULIENNE.

Comment ai-je pu mériter... Pardonnez... Je voudrais... Je ne puis vous remercier comme je le devrais faire, après un bienfait auquel j'avais si peu droit de m'attendre.

FURET, *à part.*

Il faudra profiter de cette découverte... (*Il se retire à l'écart, jusqu'à la fin de la Scène.*)

GRÉGOIRE.

Si j'avais connu dans le village quelque fille qui vous eût surpassé en sagesse & en vertu, je vous avoue, Julienne, que vous n'auriez pas eu la préférence... Ainsi, point de remercîment. Que dis-je? j'en exige un, & je suis jaloux de l'obtenir.

AIR : *L'Amour est un enfant trompeur.*

J'OUVRE au plus doux des sentimens
Mon âme toute entière :
J'obtiens du ciel, après vingt ans,
Une grace bien chère.
Oui, pour qu'en cet heureux moment,
Dans mes bras je serre un enfant,
Viens embrasser ton père.

(*Il l'embrasse.*)

Julienne, un lien bien doux nous unit : mais aussi, nous venons de contracter des devoirs l'un envers l'autre. Vous chérir & vous rendre heureuse, voilà le mien.

JULIENNE.

Heureuse ! je le suis déjà plus que je n'aurais osé l'espérer.

GRÉGOIRE.

M'aider dans mes travaux, m'aimer, & verser des douceurs sur mes vieux jours ; voilà le vôtre.

JULIENNE.

Et je trouverai mon bonheur à le remplir.

GRÉGOIRE.

Tu parles de ton bonheur, Julienne ; je veux le faire, & je le ferai Jure-moi de ton côté de n'apporter aucun obstacle à ce que je déciderai.

JULIENNE.

Recevez le serment que j'en fais.

GRÉGOIRE.

Tu ne seras pas victime de ta docilité, ma Julienne. Je rentre chez moi ; de-là, je vais trouver l'Officier public faire dresser l'acte qui constate ce dont nous venons de convenir. Jusques-là, garde-moi le silence & le secret. Adieu, ma fille.

JULIENNE.

Adieu... (*Elle hésite.*)

GRÉGOIRE.

Tu hésites ! as-tu donc oublié que je suis ton père ? appelle-moi ton père, entends-tu, ma Julienne ? appelle-moi ton père ; moi, j'ai tant de plaisir à te nommer ma fille !

JULIENNE.

Adieu, mon père.

SCÈNE IX.

FURET.

AH! fort bien Si je n'avais pas été là, je ne serais instruit de rien.

AIR : *Je n'ai connu que des ingrats.*

POUR m'instruire par-ci, par-là,
Toujours je me glisse & je veille;
Aussi jadis on me nomma
Monsieur l'Avocat toute oreille;
Mais ce reproche était perdu,
Tant les demangeaisons sont fortes.
Il est, je m'en suis apperçu,
Souvent bon d'écouter aux portes.

Attention : ce n'est pas le tout de sçavoir, il faut encore avoir l'adresse de tirer parti de ce qu'on sçait. Julienne est, ou autant vaut, la fille du jardinier Grégoire, premier fait. Grégoire est fort riche, deuxième fait. Je commençais à faire mon chemin, il y a quelques années; mais la Révolution m'a rogné les ailes de si près, que j'ai été sur le point de me noyer dans la bouteille à l'encre, troisième fait. En cas de détresse, on s'accroche où l'on peut; c'est juste. Un bon mariage raccommoderait mes affaires; c'est clair... D'où je conclus qu'il est expédient pour moi d'épouser la fille de Grégoire, & je vais de ce pas en faire la demande.... Alte-là. En vérité, Monsieur Furet, pour un homme d'esprit, il faut avouer qu'il y a des instans où vous êtes plus bête que le ci-devant petit Clerc de l'étude de votre cher père... Demander Julienne à

Grégoire !.. Mais il vous demandera, lui : D'où tenez-vous ceci ? d'où tenez-vous cela ? Je serais fort embarrassé de répondre à la question, à moins d'avouer que j'étais aux écoutes ; ce qui ne me ferait pas passer pour un Citoyen excessivement honnête... J'y suis... Je lui dirai, comme par conversation, par manière d'acquit, que je trouve Julienne, si belle, si sage, si vertueuse, que de ma servante qu'elle est, j'ai dessein d'en faire mon épouse... Bien trouvé, ma foi ! supérieurement vu ! lui, de son côté, m'admirera, me regardera comme un excellent patriote, au-dessus du préjugé ; & pour résultat, j'épouserai la fille, & palperai les assignats du papa... Et ce sera encore une affaire dans le sac... Ce que c'est que d'avoir fréquenté le barreau ! On trouve à tout des exceptions dilatoires... Voici justement Grégoire ; ayons l'air de le consulter.

SCÈNE X.

FURET, GRÉGOIRE.

GRÉGOIRE *à la Cantonnade.*

D'APRÈS ce que je t'ai dit, Justin, je vais chez l'Officier public, & reviens à l'instant.

FURET.

Je suis bien aise de vous rencontrer, Citoyen.

GRÉGOIRE.

Que me voulez-vous ?

FURET.

Si je ne craignais d'abuser de votre complaisance, je vous demanderais un conseil.

GRÉGOIRE.

A moi !... (*A part.*) Il a du dessein.

FURET.

A vous. Vous êtes un homme sensé, de bon jugement; je ne puis mieux m'adresser.

GRÉGOIRE.

De quoi s'agit-il ?

FURET.

C'est une belle chose que l'égalité, mon voisin.

GRÉGOIRE.

Après..

FURET.

D'après ce principe, il ne faut mépriser personne.

GRÉGOIRE.

C'est très-juste... Après.

FURET.

En fait d'alliance & de mariage, on ne doit pas regarder à un peu plus, ou à un peu moins d'argent; n'est-ce pas, mon voisin ?

GRÉGOIRE.

Vous n'avez pas toujours été de cet avis.

FURET.

Que voulez-vous ? on s'éclaire. J'ai fait mes réflexions.

AIR : *Je suis Carmelite, moi.*

QUAND j'étais jeune, au Palais feu mon père
Me fit prendre un emploi.
Il est à bas; mais qu'y dire, & qu'y faire
J'obéis à la loi.
Je suis au pas. Vive le Sans-Culotte!
Je suis patriote, moi;
Je suis patriote.

GRÉGOIRE.

Je vous en fais mon compliment... Après.

FURET.

J'ai dessein de me marier.

GRÉGOIRE.

Vous ferez bien... (*A part.*) Où diable en veut-il venir?

FURET.

D'après ma manière de voir, & le profond respect que j'ai pour l'égalité, vous concevez que le bien est un article sur lequel je saute à pieds joints. Une dot plus ou moins forte... que me fait cela? à moi! à un patriote! Fi des âmes intéressées!... N'est-ce pas, mon voisin?

GRÉGOIRE.

Bien pensé.... (*A part.*) J'entrevois quelque chose.... (*Haut.*) Après.

FURET.

J'ai fait un choix: mais la vertu seule m'a décidé, mon voisin... Rien n'est beau que la vertu: la vertu seule est aimable, respectable, admirable... J'ai, moi qui vous parle, un tendre amour pour la vertu, qui va jusqu'à l'adoration; ma parole d'honneur.

GRÉGOIRE.

C'est fort bien... Après.

FURET.

Or donc....

AIR: *Jardinier, ne vois-tu pas?*

CONSEILLEZ-MOI sur ceci,
Et tirez-moi de peine;
Ferai-je bien ou mal, si,....
Mon voisin, j'épousais....

GRÉGOIRE.

Qui ?

FURET.

Julienne, Julienne, Julienne.

GRÉGOIRE.

Votre servante !

FURET.

Cela vous étonne, n'est-ce pas ?

GSÉGOIRE.

J'en conviens.... (*A part.*) Nous y voilà ; il a écouté notre conversation. Je connais sa manie.

FURET.

Vous allez me représenter qu'elle n'a rien.

GRÉGOIRE.

C'est la dernière objection que je pourrais vous faire.

FURET.

Que l'article de sa naissance est un peu scabreux ; car tout le monde sçait qu'elle est bâtarde.

GRÉGOIRE.

Et vous disiez à l'instant que vous étiez au pas ; non, mon voisin, vous n'y êtes pas encore.

AIR : *On compterait les diamans.*

Pour l'intérêt de leur pays,
Ceux qui montrent de l'énergie,
Les Citoyens aux loix soumis,
Sont les enfans de la Patrie.
Mais l'indolent qui laisse là
Le soin de la chose publique,
L'escroc & l'intrigant... Voilà
Les bâtards de la République.

FURET.

Je ſuis enchanté que vous ayez levé la dernière difficulté qui aurait pu m'arrêter.

GRÉGOIRE.

Vous n'avez plus rien à me dire ?

FURET.

Un mot. Que me conſeillez-vous ?

GREGOIRE, *à part.*

Il veut jouer au fin ; il faut que je ruſe à mon tour... (*Haut.*) Mais je ne vois pas d'inconvénient. Julienne eſt belle & ſage, &, comme vous dites fort bien... la vertu...

FURET.

Vous ne trouvez donc rien à redire à mon choix ?...

GRÉGOIRE.

Je n'ai garde.

FURET.

Je ſuis charmé d'avoir votre approbation... Dans trois jours la nôce... Vous en ſerez..

GRÉGOIRE.

Je l'eſpère.

FURET.

Julienne n'a pas de parens... Vous lui ſervirez de père... N'eſt-ce pas, mon voiſin ?

GRÉGOIRE.

Très-volontiers... Adieu... (*A part.*) Il croyoit prendre, il eſt pris.

FURET, *à part.*

Il a donné dedans à plein collier.

SCÈNE XI.

FURET *seul.*

IL sera de la nôce !... Il servira de père à Julienne. J'épouserai donc... Rien n'est plus clair. Consentement formel du père.. Celui de la fille suit de droit, d'après Barthole & Justinien. Allons gai, Furet, mon ami.

AIR : *De la Bourbonnaise.*

DANS mon adolescence,
Avec peu de science,
A force de finance,
Je me fis Avocat... Ah ! ah !
Mais le nouveau régime
M'a réduit au régime,
Et plus d'un qu'on supprime
Est dans le même cas... Ah ! ah !
Est dans le même cas.

DANS ma détresse extrême
Vient un bonheur suprême,
Comme Mars en Carême,
Pour m'ôter d'embarras... Ah ! ah !
Ma femme est jardinière ;
Mais aussi le beau-père
Est riche en fonds de terre,
Et même en assignats... Ah ! ah !
Et même en assignats.

Saute, Furet, mon ami... (*Il fait quelques pas en cadence, en répétant.*)

Et même en assignats.

SCÈNE XII.

FURET, JULIENNE.

JULIENNE, *riant.*

QUE veut dire cette excessive gaité ? Serait-il devenu fou, par hazard ?

FURET.

Bon ; voici Julienne. Il faut, avec elle, user d'une autre ruse. Approchez, mon enfant.

JULIENNE.

Que souhaitez-vous, Citoyen ?

FURET.

Qu'elle est jolie ! qu'elle est aimable !

JULIENNE.

Vous me dites des douceurs... C'est la première fois. Faites donc attention que je ne suis que votre servante.

FURET.

Ce serait un meurtre de l'être plus long-temps avec une aussi jolie figure.

JULIENNE.

Vous avez bien de la bonté.

FURET.

Vous avez sujet d'être bien satisfaite aujourd'hui, Julienne.

JULIENNE.

Je le suis tous les jours ; ma conscience est tranquille, & je n'ai jamais fait de mal à personne.

FURET.

Croyez que je partage avec bien du plaisir la satisfaction que votre cœur éprouve.

JULIENNE, *à part.*

Que veut-il dire? Sçaurait-il?... (*Haut.*) Je ne vous comprends pas.

FURET.

Je parle clair, pourtant; & pour m'exprimer plus clairement encore, permettez-moi de présenter mes hommages à la charmante fille du Citoyen Grégoire.

JULIENNE.

Je ne croyais pas que personne vous eût encore instruit du changement de mon sort.

FURET.

Vous voyez cependant que je ne l'ignore pas.

JULIENNE.

Qui peut vous avoir informé?...

FURET.

Il faut bien que quelqu'un m'ait mis dans la confidence. Je n'ai pas l'art de deviner.

JULIENNE.

Mais encore, qui?

FURET, *à part.*

Il faut mentir. (*Haut.*) Et quel autre pourrait-ce être que Grégoire lui-même, votre père adoptif?

JULIENNE.

J'en suis surprise.

FURET.

A tort. Grégoire est le meilleur de mes amis. Vous concevez bien qu'il n'aura pas hazardé une démarche de cette importance, sans me consulter; vu sur-tout que vous habitez chez moi. Mais le résultat de l'information a été tout à votre avantage, & il s'est déterminé en conséquence.

JULIENNE.

Je vous dois donc de la reconnaissance.

FURET.

Comme vous voudrez... Cependant je n'ai pas déguisé à Grégoire que son projet contrariait un peu celui que j'avais dans la tête.

JULIENNE.

Comment cela ?

FURET.

Je ne dois plus vous dissimuler, Julienne, que du moment que vous êtes entré à mon service, votre figure & vos vertus avaient fait sur moi assez d'impression pour que j'eusse conçu la résolution de faire votre bonheur.

JULIENNE.

Comment cela ?

FURET.

En vous épousant, ma belle, en vous épousant.

JULIENNE.

En m'épousant !... Et avez-vous fait part au Citoyen Grégoire de cette disposition où vous étiez ?

FURET.

Sans doute.

JULIENNE.

Et la réponse a été....

FURET.

Que je ne devais point y renoncer ; qu'il n'y aurait qu'un léger amendement ; c'est-à-dire, que, vu l'adoption, au lieu d'épouser ma servante, j'épouserais sa fille. Vous en êtes enchantée, n'est-ce pas, ma poule ?

JULIENNE.

Citoyen, j'ai juré d'obéir à mon père... (*A part.*) Que je suis malheureuse ! & il m'avait promis de faire mon bonheur.

FURET, *à part.*

Elle est à moi. Je n'ai jamais menti plus adroitement de ma vie... (*Haut.*) Charmante Julienne ! (*Il lui baise la main.*)

SCÈNE XIII.

JULIENNE, FURET, JUSTIN.

JUSTIN.

Il faut que j'aille faire mon compliment à Julienne. Diable ! avec Furet qui lui baise la main ! Que veut dire ceci ?

FURET.

Que Julienne est la fille d'un Citoyen riche ; qu'un garçon jardinier n'est pas fait pour jetter les yeux sur elle, & que je l'épouse de l'aveu de son père & du sien.

JUSTIN.

De l'aveu de son père & du sien !... Ciel !

AIR : *De Malbrouch.*

Que faut-il que j'apprenne !
Que mon cœur, mon cœur a de peine !
Renoncer à Julienne !
Que je suis malheureux !

JULIENNE.

Nous le sommes tous deux.

FURET.

Qu'il porte ailleurs ses vœux.

JUSTIN.

Dans une attente vaine,
Que mon cœur, mon cœur a de peine!
J'avais cru voir Julienne
Sensible à mes ayeux.

JULIENNE.

Son soupçon est affreux.

FURET.

Vraiment, j'ai pitié d'eux.

JUSTIN.

Mais hélas! l'inhumaine,
Que mon cœur, mon cœur a de peine!
Il faut que j'en convienne,
Se riait de mes feux.
Fuyons loin de ses yeux....
Mais en quittant ces lieux...

JULIENNE.

Mon âme est à la gêne.

FURET.

Que leurs cœurs, leurs cœurs ont de peine!

JUSTIN.

Où faut-il que je traîne
Mon destin rigoureux?

FURET, *à part.*

Pour les beaux yeux de Monsieur Justin, je ne laisserai point échapper l'héritage de Grégoire.

SCÈNE XIV & *dernière.*

LES PRÉCÉDENS, GRÉGOIRE, L'OFFICIER PUBLIC.

L'OFFICIER PUBLIC.

JE te félicite, Citoyen, de l'action que tu viens de faire. Il me paraît que ton choix ne pouvait tomber sur un objet qui en eût été plus digne. Aimable Citoyenne, vous connaissez, sans doute, toute l'étendue des devoirs que vous impose votre nouvel état. Un seul précepte les renferme tous.

AIR : *Jeunes amans, cueillez des fleurs.*

Nos prés, nos champs, le moindre épi,
Tout atteste la bienfaisance
De l'Être éternel, infini,
Qui nous fit don de l'existence.
L'honorer est notre devoir;
Que nos cœurs soient son sanctuaire.
Nos yeux ne peuvent pas le voir;
Mais son image est un bon père.

GRÉGOIRE.

Que veut dire cela, Julienne? & toi aussi, Justin? Vous avez tous les deux l'air triste comme des veilles d'enterremens. De la joie, mes enfans, de la joie.

JULIENNE.

Hélas!

L'OFFICIER PUBLIC.

Grégoire, & vous, Julienne; vous sçavez qu'on célèbre, dans

dans peu de jours, la fête de l'Être suprême. C'est sous ses auspices, sur l'autel de la Patrie, en présence de vos Magistrats & de vos Concitoyens, que vous ratifierez solemnellement le pacte sacré que vous venez de contracter. En attendant, voici les deux actes qui contiennent vos conventions respectives; à sçavoir, l'acte d'adoption & celui de mariage.

FURET, *à part.*

L'acte de mariage !... C'est le mien; le beau-père est expéditif.

L'OFFICIER PUBLIC.

Je vais vous en faire la lecture.

FURET.

Êtes-vous bien sûr, Citoyen, que la rédaction soit en règle?

L'OFFICIER PUBLIC.

Pourquoi cette demande?

FURET.

C'est que j'ai eu l'honneur autrefois d'être Avocat. Je me connais en actes, Dieu merci; & je sçais par cœur toutes les formules.

L'OFFICIER PUBLIC.

Qu'est-ce que c'est que des formules?

AIR: *Du Curé de Pomponne.*

JADIS, Notaires, Avocats,
Procureurs sans scrupules,
Ne farcissaient tous leurs contrats
Que de mots ridicules;
Mais des Républicains n'ont pas
Besoin de leurs formules.

FURET, *à part.*

On voit bien que ces gens-là n'ont jamais étudié en droit... (*Haut.*) Quoiqu'il en soit, Citoyen, voulez-vous me permettre de jetter un coup-d'œil?...

L'OFFICIER PUBLIC.

Comment?

GRÉGOIRE.

Laisse-le faire; c'est où je l'attendais.

L'OFFICIER PUBLIC.

Tenez.

FURET, *parcourant l'acte d'adoption.*

L'an, & cætera, de la République Française, & cætera, en exécution de la loi du, & cætera, Grégoire, & cætera, a déclaré, & cætera, adopter comme sienne & légitime fille, & cætera, Julienne, & cætera. Fort bien, fort bien rédigé, ma foi; moi qui m'en pique, je n'aurais pas mieux réussi; ma parole d'honneur... L'autre acte, Citoyen.

L'OFFICIER PUBLIC.

Le voici.

FURET, *parcourant l'acte de mariage.*

L'an, & cætera, de la République Française, & cætera, furent présens, Grégoire, & cætera, stipulant pour Julienne, & cætera, sa fille adoptive, mineure, & cætera, d'une part... & cætera. Cela va bien, jusqu'à présent.... Et Ambroise-Michel... Mais, Citoyens, je vous observe que ce ne sont pas là mes noms de Baptême... Justin... & cætera, d'autre part. Je ne m'appelle pas Justin, moi... *Est error in personâ...* Qu'est-ce que cela veut dire?

GRÉGOIRE.

Que j'unis ma fille Julienne, que voici, à Ambroise-Michel Justin, que voilà, & cætera.

JULIENNE.

Ah! mon père! est-il possible!

GRÉGOIRE.

En serais-tu fâchée?

JULIENNE.

Je ne dis pas cela.

JUSTIN.

Quoi! vous me donnez Julienne! que je vous embrasse, mon bon, mon respectable maître! Vous me reprochiez d'être triste, & vous aviez raison. Je l'étais à un point.. Je ne le suis plus, ou le diable m'emporte; car je suis prêt à devenir fou de plaisir & de joie... Ma chère Julienne!

FURET.

Je suis fait....

GRÉGOIRE.

Comment trouvez-vous la rédaction de cet acte-là, Citoyen Furet?

FURET.

On me persiffle .. Mais écoutez donc, Citoyen ; j'ai quelque soupçon que vous avez pris tantôt la liberté de vous mocquer de moi.

GRÉGOIRE.

Or, là-dessus, voici ce que j'ai à vous répondre. J'use du droit de la guerre. J'agis de représailles.

AIR : *Du Vaudeville de la Revanche forcée.*

Les gens de robe ont fait bombance
Jadis aux frais des paysans ;
Tout en attrapant leur finance,
Ils se mocquaient des bonnes gens.
De nous railler ils avaient carte blanche ;
Ils en usèrent trop long-temps :
Quand nous ririons à leurs dépens,
Il est permis de prendre sa revanche.

Et puis, cela vous apprendra une autre fois à écouter aux portes. La leçon est bonne ; profitez-en. D'ailleurs, Julienne n'est-elle pas ma fille ? Justin n'est il pas celui qu'a préféré son cœur ? Et le devoir le plus doux, le plus sacré pour un père, n'est-il pas de faire le bonheur de son enfant ?

FURET.

Furet, mon ami, pour un Avocat qui passait pour retort, vous venez de faire le pas de Clerc le mieux conditionné.. Au surplus, je n'ai point de regrets : cette petite fille-là n'était pas digne d'un homme tel que moi.

VAUDEVILLE

Sur l'air de celui de la Soirée orageuse.

GRÉGOIRE.

Un avenir consolateur
Pour ma vieillesse se dispose ;
Mais pour completter mon bonheur,
Je desire encore une chose ;
C'est de revivre en un enfant
Qui, né sous un astre civique,
Pour premier cri, libre en naissant,
Dira... Vive la République !

JULIENNE.

Avec quel transport j'offrirais
Un fils de plus à la Patrie!
D'être la mère d'un Français,
Que je serais ennorgueillie!
Je ne donnerais au marmot,
Jamais rien qu'un précepte unique;
Ce précepte n'aurait qu'un mot....
« Mon fils, aime la République. »

JUSTIN.

Comme époux, comme jardinier,
J'aurai plus d'un ouvrage à faire.
Par moi doivent fructifier,
Tour-à-tour, ma femme & la terre;
Mais quand j'entendrai le tambour,
Sans balancer & sans réplique,
Adieu le jardin & l'amour....
J'irai venger la République.

L'OFFICIER PUBLIC.

Tour-a-tour, on les cassera
Les javelots que rien n'assemble;
Mais aucun effort ne rompra
Faisceau de dards liés ensemble.
Français! restons toujours unis
Par la Fraternité civique;
Et toujours, je vous le prédis,
Tromphera la République.

FURET.

La Scène rend les passions;
Dans ce tableau de la nature
Il faut des oppositions,
Comme des ombres en peinture.
Epargnez le blâme à l'Acteur
Qui feint un principe incivique.
Moi, j'ai gravée au fond du cœur,
En traits de feu, la République.

FIN.

www.ingramcontent.com/pod-product-compliance
Ingram Content Group UK Ltd.
Pitfield, Milton Keynes, MK11 3LW, UK
UKHW020949220726
13924UKWH00002B/580

9 782019 655464